AF311896

CATALOGUE

D'UNE

RICHE COLLECTION

SUR LES

BEAUX-ARTS

LIVRES A FIGURES, ARCHITECTURE, SCULPTURE, ORNEMENTS

DONT LA VENTE AURA LIEU

Les Vendredi 29 et Samedi 30 Janvier

A L'HOTEL DES COMMISSAIRES-PRISEURS

SALLE N° 4 (PREMIER ÉTAGE)

A deux heures de relevée

Par le ministère de M⁰ **JUST ROGUET**, commissaire-priseur,
Boulevard Sébastopol, n° 9
Assisté de M. Antonin **CHOSSONNERY**, Libraire-Expert.

IMITATION DE JÉSUS-CHRIST. Édition de l'Imprimerie Impériale. — Gazette des Beaux-Arts. — *Viollet-Le-Duc*. Dictionnaire de l'Architecture. Exempl. sur papier de Hollande et sur Chine. — Dictionnaire du Mobilier, en papier de Hollande. — *Labarte*. Les Arts industriels. — Les Arts somptuaires. — *Cailhabaud*. Architecture du V⁰ au XVII⁰ siècle — Monuments anciens et modernes. — *Daly*. Revue de l'Architecture. — *Armengaud*. Publications industrielles. — Trésor de numismatique et de glyptique, 20 vol. in-fol. — RELIURES EN MARQUETERIE.

PARIS

ANTONIN CHOSSONNERY, SUCCESSEUR DE J.-F. DELION

LIBRAIRE DE LA BIBLIOTHÈQUE DE L'ARSENAL
ET DE L'ÉCOLE SPECIALE DES LANGUES ORIENTALES VIVANTES
47, QUAI DES GRANDS-AUGUSTINS
—
1875

CATALOGUE

RICHE COLLECTION

SUR LES BEAUX-ARTS

ORDRE DES VACATIONS

1re Vacation : Vendredi 29 Janvier.

Numéros.

Grands livres à figures........................ 2 à 12
Beaux-Arts : Dictionnaires, Revues, Architecture. 13 à 99
IMITATION, de l'Imprimerie Impériale............ 1

2e Vacation : Samedi 30.

Sculpture, Ornements, Art industriel, Bijouterie,
   Orfévrerie, Céramique, Gravure.............. 100 à 167
Ouvrages divers............................... 168 à 193

Exposition avant la vente, de 1 heure à 2 heures.

CONDITION DE LA VENTE

Les Acquéreurs payeront, selon l'usage, CINQ POUR CENT en sus des enchères, applicables aux frais de vente.

Les Livres sont vendus COMPLETS ET EN BON ÉTAT, sauf indication contraire. Ils doivent être collationnés sur place et dans les vingt-quatre heures de l'adjudication.

M. A. CHOSSONNERY, Libraire-Expert, chargé de la vente, remplira les Commissions des personnes qui ne pourraient y assister.

CATALOGUE

D'UNE

RICHE COLLECTION

SUR LES

BEAUX-ARTS

LIVRES A FIGURES, ARCHITECTURE, SCULPTURE, ORNEMENTS

DONT LA VENTE AURA LIEU

Les Vendredi 29 *et Samedi* 30 *Janvier*

A L'HOTEL DES COMMISSAIRES-PRISEURS

SALLE N° 4 (PREMIER ÉTAGE)

A deux heures de relevée

Par le ministère de M° JUST ROGUET, commissaire-priseur,
Boulevard Sébastopol, n° 9

Assisté de M. Antonin CHOSSONNERY, Libraire-Expert.

IMITATION DE JÉSUS-CHRIST. Édition de l'Imprimerie Impériale. — Gazette des Beaux-Arts. — *Viollet-Le-Duc*. Dictionnaire de l'Architecture. Exempl. sur papier de Hollande et sur Chine. — Dictionnaire du Mobilier, en papier de Hollande. — *Labarte*. Les Arts industriels. — Les Arts somptuaires. — *Gailhabaud*. Architecture du V° au XVII° siècle. — Monuments anciens et modernes. — *Daly*. Revue de l'Architecture. — *Armengaud*. Publications industrielles. — Trésor de numismatique et de glyptique, 20 vol. in-fol. — RELIURES EN MARQUETERIE.

PARIS

ANTONIN CHOSSONNERY, SUCCESSEUR DE J.-F. DELION

LIBRAIRE DE LA BIBLIOTHÈQUE DE L'ARSENAL
ET DE L'ÉCOLE SPÉCIALE DES LANGUES ORIENTALES VIVANTES

47, QUAI DES GRANDS-AUGUSTINS

—

1875

CATALOGUE

D'UNE

RICHE COLLECTION

SUR LES BEAUX-ARTS

GRANDS LIVRES A FIGURES

---

1. **L'IMITATION DE JÉSUS-CHRIST**

TEXTE LATIN

SUIVI DE LA TRADUCTION DE PIERRE CORNEILLE

Paris, Imprimerie impériale, M.DCCC.LV, 1 vol. gros in-fol. de 872 pages, figures, vignettes et culs-de-lampes, caractères rouges et noirs, lettres majuscules, encadrements et fleurons or et couleurs.

> **SPLENDIDE RELIURE ARTISTIQUE,** en maroquin rouge, à compartiments en relief, parsemée d'abeilles, dorures à petits fers. doublée de vélin blanc, avec dentelles et riches dorures ; tranches dorées.
>
> Ce volume est renfermé dans un étui doublé de tabis.
>
> En 1640, l'Imprimerie royale inaugurait sa fondation par une édition de l'Imitation, qui lui avait été commandée par Richelieu. En 1855, le même établissement voulut, à l'occasion de l'Exposition universelle, produire une œuvre typographique monumentale en publiant une autre édition de cet ouvrage, dans laquelle l'ornementation unirait la richesse des détails à la sévérité du style. L'édition de 1640 est sans doute un fort beau livre, mais celle de 1855 est unique sous le rapport typographique. Elle présente, en effet, une nouvelle phase des impressions en or et en couleurs. Ici, ce ne sont plus des encadrements se répétant à chaque page,

mais des têtes de livre ou de chapitre, et des lettres ornées conservant la même physionomie, tout en offrant une constante diversité.

Les ornements du texte, imprimés en or et en couleurs, comprennent un faux titre général, un titre avec figures en miniature, quatre faux-titres, quatre têtes de livre, cent dix têtes de chapitre, soixante petites vignettes, trois cents lettres ornées et cinquante-six culs-de-lampe.

Les faux titres, les têtes de livre et les têtes de chapitre ont donné lieu à sept tirages, chacune des autres pages à six, l'encadrement du titre à huit, et les huit petites miniatures à vingt-quatre; elles avaient offert, à la décomposition, trente teintes différentes.

Ces impressions en or et en couleurs, ces magnifiques vignettes, ces frontispices splendides, ces gravures sur bois ou sur acier, d'une exécution si régulière et si fine, ces encadrements si variés et qui semblent faire corps avec le texte, ces imitations des enluminures des manuscrits, ce mélange heureux de couleurs, cet art si parfait dans le dessin et le tirage, tant de difficulés accumulées et heureusement vaincues, font incontestablement de cette édition LE PLUS BEAU LIVRE QUI AIT ENCORE PARU.

Il n'a été tiré que CENT TROIS EXEMPLAIRES de ce magnifique ouvrage, qui a nécessité six années d'études et de travaux et qui a coûté UN MILLION CINQ CENT MILLE FRANCS, soit près de 15000 francs l'exemplaire. L'Empereur Napoléon III a disposé des exemplaires numérotés 1 à 73. Il n'a donc été livré au commerce que 30 exemplaires. Celui que nous offrons porte le n° 98.

La reliure est celle adoptée par l'Empereur; elle a coûté MILLE FRANCS.

2. La Sainte Bible, traduite sur le latin de la Vulgate, par Lemaistre de Sacy, avec nombreuses notes par l'abbé Delaunay. *Paris, Curmer*, 1860, 5 vol. in-4 et 1 vol. de planch., br.

3. Le Nouveau Testament selon la Vulgate, traduit en français, avec des notes, par l'abbé Glaire. *Paris, Didot, s. d.*, in-4, texte encadré, fig., demi-chagr. rou., plats en toile, dent., tr. dor.

Edition de luxe.

4. La Vie de Notre-Seigneur Jésus-Christ, par Jérôme Natalis. *Paris, Pilon, s. d.*, 2 vol. in-fol., fig., demi-chagr., v., tr. sup. dor.

5. Mémoire sur les instruments de la Passion de N.-S. J.-C., par Ch. Rohault de Fleury. *Paris*, 1870, gr. in-4, fort et beau papier vergé, pl. (23) et nomb. vign., demi-mar. r., tr. sup. dor.

6. Les Saintes Femmes, par Mgr Darboy. *Paris, s. d.*, gr. in-8. fig., br.

7. La Vie des saints, par Kellerhoven. *Paris, s. d.*, gr. in-8, pl. en chromolith., dos et coins mar. r., tr. sup. dor.

8. L'Imitation de Jésus-Christ. *Paris, Curmer*, 1856. — Appendice à l'Imitation. *Paris*, 1858. — 2 vol. gr. in-8, chromolith., demi-ch. r. avec coins, tr. supér. dor., non rog.

9. Portraits des personnages français les plus illustres du xvie siècle, recueil publié avec notes, par Niel. *Paris, Lenoir*, 1848, gr. in-fol., 48 pl., demi-chagr. r., tr. supér. dor., n. rogn.

   Bel exemplaire.

10. Musée de peinture et de sculpture. Recueil des principaux tableaux, statues et bas-reliefs des collections publiques et particulières de l'Europe, par Réveil. *Paris*, 1872, 10 vol. gr. in-18 contenant 1,170 planch., demi-chagr. r.

11. La Fable de Psyché et l'Amour, par Raphaël. *Paris*, 1868, gr. in-4, demi-mar. r., tr. supér. dor.

   Trente-deux compositions gravées au trait par Marchais.

12. OEuvres de Rabelais, illustrations de Gustave Doré. *Paris, Garnier*, 1873, 2 vol. in-fol., cart. en toile, orn. sur les plats.

BEAUX-ARTS

GÉNÉRALITÉS

13. Ordres d'architecture d'après Vignole, Palladio, etc., dessiné par Fructule. *Paris,* 1847, 1 vol. in-8 de texte et atlas in-fol., demi-rel.

14. Le Livre de l'architecture, par Dietterlin. *Paris, Claësen, s. d.,* 2 vol. in-fol., pl., en feuilles dans des cartons.

15. Entretiens sur l'architecture, par Viollet-Le-Duc. *Paris, Morel,* 1863-73, 2 vol. in-8 illustrés de 200 grav. sur bois et atlas in-4 obl., dos et coins demi-chagr. r., tr. supér. dor., non rog.

16. Mémoire sur la défense de Paris (1870-1871), par E. Viollet-Le-Duc. *Paris,* 1871, 1 vol. in-8 de texte et 1 atlas in-4, demi-rel. mar. r., tr. supér. dor.

17. Suite aux Mélanges d'archéologie, par les PP. Cahier et Martin. *Paris,* 1868, 2 tom. en 1 vol. in-4 de 250 pl. imprimées en bistre, demi-chagr. r., tr. sup. dor.

18. Grands Prix d'architecture, projets couronnés par l'Académie royale des beaux-arts de France, gravés et publiés par Vaudoyer et Baltard. *Paris,* 1818, 2 vol. gr. in-fol., 240 pl., demi-rel. toile.

19. Concours de l'École des beaux-arts, médailles et mentions, dessinés d'après les originaux par Boussard, gravés à l'eau-forte par Boussard et Guillaumot. *Paris,* 1874, in-4, dos et coins, demi-chagr. r., tr. supér. dor.

20. Choix d'édifices publics construits ou projetés en France, extraits des archives du conseil des bâtiments civils, publiés par Gourlier, Biet, Grillon et Tardieu. *Paris,* 1825 à 1850, 3 vol. in-fol., demi-chagr. r., tr. supér. dor., pl. (388).

21. Collection des antiques du Louvre, choix des plus belles sculptures, dessiné et gravé par Bouillon. *Paris,* *s. d.*, in-fol., 120 pl. en cartons.

22. Les Collections célèbres d'œuvres d'art, par Lièvre. *Paris,* 1866, 2 vol. in-fol., pl. en cart.

23. Collection Basilewsky, catalogue raisonné, précédé d'un Essai sur les arts industriels, du Ier au XVIe siècle, par Darcel et Basilewsky. *Paris,* 1874, 2 vol. in-4 dont 1 de pl., dos et coins de mar. r., tr. supér. dor.

24. Wagons composant le train impérial, par Viollet-Le-Duc et Polonceau. *Paris,* 1857, in-fol., pl., cart.

25. Mœurs, Usages et Costumes au moyen âge, par Paul Lacroix. *Paris,* 1872, gr. in-8 illustré de 15 pl. chromolithographiques et de 440 gravures, dos et coins mar. bleu, tr. supér. dor.

26. Les Arts au moyen âge et à l'époque de la Renaissance, par Paul Lacroix. Ouvrage illustré de 17 planches chromolithographiques exécutées par F. Kellerhoven et de 400 gravures sur bois. *Paris, Didot,* 1869, pet. in-4, dos et coins de mar. bl., tr. supér. dor., non rog.

27. Dictionnaire des architectes français, par Adolphe
Lance. *Paris,* 1872, 2 vol. gr. in-8, pl. (27), dos et
coins chagr. r., tr. supér. dor.

28. Dictionnaire biographique des artistes français du
XIIe au XVIIe siècle, par A. Bérard. *Paris,* 1872, in-8,
demi-mar. r., tr. supér. dor.

29. Études relatives à l'art des constructions, par
L. Bruyère. *Paris,* 1823, 2 tomes en 1 vol. gr. in-fol.,
pl. (184), demi-chagr. r., tr. supér. dor.

30. Traité pratique et complet de tous les mesurages,
métrages, jaugeages de tous les corps, 7e édition, par
E. Sergent. *Paris,* 1874, 2 vol. in-8 de texte et atlas
in-4 de 47 planches gravées renfermant plus de 2,000
fig., demi-mar. r., tr. supér. dor.

31. Nouvelle Théorie simplifiée de la perspective, par
David Sutter. *Paris, Morel, s. d.,* gr. in-4, demi-chagr.
r. avec coins, tr. supér. dor., non rogn.

   Cet ouvrage comprend 60 planches gravées sur acier et 50 pages
de texte.

32. Dictionnaire technologique français-anglais-alle-
mand, rédigé d'après les meilleurs ouvrages spéciaux
des trois langues, par Gardissal et Tolhausen. *Paris,*
1864, 3 vol. in-12, cart. toile.

DICTIONNAIRES, REVUES, JOURNAUX

33. Revue générale de l'architecture, par César Daly.
Paris, 1840-72, 29 vol. in-4 (tom. I à XXIX), demi-
chagr. rou., tr. supr. dor.

34. Gazette des architectes et du bâtiment, revue publiée par M. Viollet Le Duc fils et Corroyer. *Paris, s. d.,* de la première année (1863) à 1871, 7 vol. in-4, fig., demi-chag. roug.

35. INTIME CLUB, croquis d'architecture, de la première année (mai 1866) à décembre 1871. In-fol., pl. en cartons.

36. L'Art pour tous, encyclopédie de l'art industriel et décoratif, par Em. Reiber et Cl. Sauvageot. *Paris, Morel,* 1861-72, 12 vol. in-fol., dem.-mar. rou. avec coins, tr. supér. dor.

37. Gazette des beaux-arts. *Paris,* 1859 à 72, 31 vol. gr. in-8, nomb. fig., br.

> Collection complète, depuis l'origine jusque et y compris 1872, et « Annuaire des beaux-arts », pour 1869.

38. Gazette des beaux-arts. Année 1868 (tomes XXIV et XXV). br.

39. Monuments anciens et modernes, collection formant une histoire de l'architecture des différents peuples à toutes les époques, par J. Gailhabaud. *Paris, Didot,* 1865-70, 4 vol. in-4, planches (400), dem.-chag. rou., tr. supér. dor., n. rogn.

40. L'Architecture du v° au xvii° siècle et les Arts qui en dépendent, par Gailhabaud. *Paris, Morel,* 1869-72, 4 vol. in-fol. de plus de 400 planches gravées ou en couleurs, dem.-chag. rou. avec coins, tr. supér. dor., n. rogn.

41. Encyclopédie d'architecture, d'après les dessins de M. Victor Calliat, texte par Ad. Lance, *Paris,* 1851-1862, 12 vol. in-4, planches, demi-chagr. r., avec coins, non rog.

> Ce recueil se compose de plus de 1400 planches gravées par les meilleurs artistes.

42. Encyclopédie d'architecture, revue mensuelle des travaux publics et particuliers. *Paris,* 1872-1873, 2e série, 2 vol. in-4, planches, demi-chagr. r.

43. Dictionnaire raisonné de l'architecture française, du XIᵉ au XVIᵉ siècle, par Viollet-Le-Duc. *Paris, Morel,* 1864-1868, 10 vol. in-8, fig., demi-chagr. rouge anc. avec coins, tr. sup. dor., n. rogné.

44. Dictionnaire raisonné de l'architecture française du XIᵉ au XVIᵉ siècle, par E. Viollet-Le-Duc. *Paris,* 1864 à 1868, 10 vol. gr. in-8, dos et coins dem.-mar. rouge, tr. sup. dor.

> Exemplaire en GRAND PAPIER, très-rare, l'édition étant épuisée.

45. Dictionnaire raisonné de l'architecture française, par Viollet-Le-Duc. 10 vol. in-8, fig., dos et coins de mar. r. anc., tr. supér. dor., non rogn.

> UN DES TROIS EXEMPLAIRES TIRÉS SUR CHINE. TRÈS-RARE. AUCUN DE CES EXEMPLAIRES N'EST ENCORE PASSÉ EN VENTE PUBLIQUE.

46. Dictionnaire raisonné du mobilier français de l'époque carlovingienne à la Renaissance, par Viollet-Le-Duc. *Paris,* 1872-74, 5 vol. in-8 (tom. I à V), demi-chag. rou., tr. sup. dor.

47. Dictionnaire raisonné du mobilier français de l'époque carlovingienne à la Renaissance, par Viollet-Le-Duc. *Paris,* 1872-74, 5 vol. in-8 raisin, *papier de Hollande* (tom. I à V), dem.-mar. r., tr. sup. dor.

ARCHITECTURE RELIGIEUSE

48. Monographie de Notre-Dame de Paris et de la nouvelle sacristie, par Lassus et E. Viollet-Le-Duc. *Paris, s. d.,* gr. in-fol., pl. (80).

> Exemplaire en feuilles, dans un carton.

49. Chapelles de Notre-Dame de Paris. Peintures murales exécutées sur les cartons de E. Viollet-Le-Duc, relevées par Maurice Ouradou. *Paris,* 1870, in-fol., pl. en couleurs (62), dem.-m. r., tr. sup. dor.

50. Histoire archéologique, descriptive et graphique de la Sainte-Chapelle du Palais, par Decloux et Doury. *Paris, s. d.,* in-fol., 25 pl. gravées ou chromolith., demi-mar. v. avec coins, tr. sup. dor.

> Texte encadré. Première édition, très-rare.

51. Histoire archéologique, descriptive et graphique de la Sainte-Chapelle du Palais, par Decloux et Doury. *Paris,* 1865, in-fol., 25 pl. gravées ou chromolith., dos et coins dem.-chagr. rou., tr. supér. dor.

52. Itinéraire archéologique des monuments de Paris, par de Guilhermy. Nouv. édit. *Paris, s. d.,* in-12, fig. (37), dos et coins mar. r., tr. sup. dor.

53. Atlas monographique de la cathédrale de Sainte-Marie d'Auch, par M: l'abbé Caneto. *Paris, V. Didron,* 1857, gr. in-fol., 39 planches, dem.-chagr. rou., tr. sup. dor.

54. Stalles du chœur de la cathédrale d'Auch, texte et dessins par L. Sancet. *Paris,* 1862, in-fol. de 60 pl., demi-chagr.

55. Monographie de Notre-Dame de Brou, par Dupasquier. *Paris, V. Didron, s. d.,* gr. in-fol., 30 pl. dont plus. en chromolith., dem.-m. r., tr. sup. dor.

56. Monuments de l'architecture chrétienne, par le docteur Hubsch, trad. de l'allemand par l'abbé Guerber. *Paris,* 1866, gr. in-fol. de 63 pl. gravées, teintées et chromolith., dem.-chagr. rou. avec coins, tr. supér. dor., n. rogn.

57. Architecture romane du midi de la France, dessinée et décrite par H. Révoil. *Paris,* 1873, 3 vol. in-fol., bois gravés dans le texte et 214 planches, dem.-chagr. rou. avec coins, tr. sup. dor.

58. Eglises de bourgs et villages, par de Baudot. *Raris,* 1867, 2 vol. in-4, 150 pl., dos et coins demi-chagr. (*Rare.*)

ARCHITECTURE CIVILE

59. Cours d'architecture civile, par Blondel. *Paris, Desaint,* 1771, 9 vol. in-8, texte et planch., dem.-rel.

60. Architecture privée au xix⁰ siècle, par César Daly. 1ʳᵉ série. *Paris,* 1864, 3 vol. in-fol., dos et coins de mar. r., tr. sup. dor.

61. Architecture privée au xix⁰ siècle, décorations extérieures et intérieures des nouvelles maisons de Paris, par César Daly, 2ᵉ série, livraisons 1 à 30, in-fol., dans un carton.

62. Architecture civile et domestique au moyen âge et à
la Renaissance, dessinée et décrite par Aymar Verdier
et par le docteur Cattois. *Paris*, 1864, 2 vol. in-4, pl.,
demi-chagr. r.

> Très-rare.

63. Architecture communale, par Félix Narjoux. *Paris,*
1870, 2 vol. in-4, 150 pl., demi-mar. r. anc. avec coins,
tr. supér. dor

64. Hôtel-de-Ville de Paris, mesuré, dessiné et gravé par
Victor Calliat, avec une histoire de ce monument, par
Leroux de Lincy. *Paris*, 1844-59, 3 magn. vol. in-fol.,
pl., demi-mar. r., tr. supér. dor.

65. Arc-de-Triomphe de l'Étoile, par Thierry. *Paris*,
1845, gr. in-fol., 26 pl., demi-mar. r., tr. supér. dor.

66. Monographie des halles centrales de Paris, construites sous Napoléon III, par Baltard. *Paris*, 1863,
gr. in-fol., 35 pl., demi-chagr. vert.

67. Parallèle des maisons de Paris, construites depuis
1850 jusqu'à nos jours, publ. par Victor Calliat. *Paris,*
1857-64, 2 vol. in-fol. de 246 pl., demi-chagr. r., tr.
supér. dor.

68. Monographie de l'hôtel de ville de Lyon, par Tony
Desjardins. *Lyon, imprimerie L. Perrin*, 1867, gr.
in-fol. de 76 pl. grav. ou en coul., demi-chagr. r. avec
coins, tr. supér. dor.

69. Monographie du palais du Commerce élevé à Lyon,
par René Dardel. *Lyon, imprimerie L. Perrin*, 1868,
in-fol., 48 pl. grav. ou en couleurs, demi-chagr. r. avec
coins, tr. supér. dor., non rogn.

70. Monographie du palais de Fontainebleau, dessiné par
Penor, accompagné d'un texte explicatif par Champol-

lion-Figeac. *Paris*, 1863, 2 vol. in-fol. de 145 pl., dont 5 en chromolith., dos et coins de mar. r., tr. supér. dor., non rogn.

Exemplaire en grand papier de Chine. 1re épreuve. (Epuisé.)

71. Le même ouvrage, 2 vol. in-fol., demi-mar. r., tr. supér. dor.

Exemplaire petit chine. (Epuisé.)

72. Monographie du château d'Anet, construit par Philibert de L'Orme en 1548, dessinée, gravée par Rod. Penor. *Paris*, 1867, gr. in-fol., pl. dans un carton.

73. Monographie de Chevreuse. Étude archéologique, par Claude Sauvageot. *Paris*, 1874, gr. in-4, grav. sur bois (23) et pl. (26), demi-chagr. r.

74. Palais, Châteaux, Hôtels et Maisons de France du xve au xviiie siècle, par M. Claude Sauvageot. *Paris*, 1867, 4 vol. in-fol., pl., dos et coins de mar. r., tr. supér. dor., non rogn.

75. Autre exemplaire. 4 vol. in-fol., dos et coins de mar. r., tr. supér. dor., non rogn.

Edition de luxe. Un des 10 exemplaires sur grand papier.

75 *bis*. Autre exemplaire. 4 vol. in-fol., dos et coins de mar. rou., tr. supér. dor., non rogn.

Un des 10 exemplaires sur grand papier de Chine.

ARCHITECTURE FUNÉRAIRE

76. Monuments funéraires choisis dans les cimetières de Paris et des principales villes de France, dessinés et gravés par L. Normand aîné. *Paris, Morel*, 1863, 2 part. en 1 vol. in-fol. de 144 pl., dos et coins demi-chag. r.

77. Architecture funéraire, spécimens de tombeaux, par César Daly. *Paris*, 1871, in-fol. pl. en feuilles, dans un carton.

ARCHITECTURE DES PAYS ÉTRANGERS

78. L'Architecture des nations étrangères, étude sur les constructions du parc à l'Exposition universelle de Paris en 1867, par Alfred Normand. *Paris*, 1870, in-fol., pl. grav. et color. (73), demi-chagr. r., tr. sup. dor.

79. Monuments d'architecture, de sculpture et de peinture de l'Allemagne, publiés par Forster et de Suckau, *Paris*, 1859-65, 6 vol. gr. in-4, pl., demi-chagr., tr. supér. dor.

80. Monographie du château de Heidelberg, dessiné et gravé par R. Penor, texte par D. Ramée. *Paris*, 1859, gr. in-fol. de 24 p., demi-chagr. r., tr. supér. dor.

81. L'Architecture allemande au xixe siècle. Recueil de maisons de ville et de campagne. 10e année, in-4, pl., cart.

82. Das neue Museum in Berlin, von A. Stüler. *Berlin*, 1860, in-fol., 20 pl. en feuilles.

83. Les Constructions en bois de la Suisse, par Ernst Gladbach. *Paris*, 1870, in-fol. illustré de 78 bois grav. et 40 pl., demi-chagr. r., tr. supér. dor.

84. L'Architecture pittoresque en Suisse, ou Choix de constructions rustiques, dessinées et gravées par Varin. *Paris*, 1873, gr. in-4, 48 pl., dos et coins demi-chagr. r.

85. Excursion en Italie, Aix-les-Bains. Chambéry, Turin, Novare, Milan, Brescia, Vérone, Padoue, Venise, Murano, Torcello, le lac Majeur, le lac de Côme, par Adolphe Lance, 2ᵉ édition illustrée de 15 eaux-fortes par L. Gaucherel. *Paris, Jouaust*, 1873, in-8, pap. de Hollande, dos et coins mar. r., tr. supér. dor.

86. Excursion en Italie, par Adolphe Lance. 2ᵉ édition. *Paris,* 1863, gr. in-8, pap. vergé, RELIURE ARTISTIQUE EN MARQUETERIE.

87. Édifices de Rome moderne, ou Recueil de palais, maisons, églises, couvents, etc., de la ville de Rome, par Letarouilly. *Paris*, 1866, 1 vol. in-4 de texte et 3 vol. gr. in-fol. de 355 pl., demi-chagr. r. anc. avec coins, tr. supér. dor.

88. Vue des ruines de Pompéi, d'après l'ouvrage publié à Londres, en 1819, par sir William Gell et Gandy. *Paris,* 1827, in-4, 125 pl., demi-chag. v.

89. Herculanum et Pompéi, recueil général de peintures, bronzes, mosaïques, etc., publ. par L. Barre et Roux aîné. *Paris, Didot*, 1862-1863, 8 vol. gr. in-8, demi-chagr. r., tr. supér. dor., non rogn.

    Cet ouvrage est illustré de plus de 700 planches gravées sur acier. Le 8ᵉ volume est consacré au *Musée secret.*

90. Les Monuments de Pise au moyen âge, par G. Rohault de Fleury. *Paris*, 1866, 1 vol. in-8 de texte et atlas in-fol. de 66 pl., demi-chagr. avec coins, tr. supér. dor.

91. La Toscane au moyen âge, architecture civile et militaire, par Georges Rohault de Fleury. *Paris, Lacroix,* 1870-73, 2 vol. in-fol., pl., demi-chag. rou., tr. supér. dor.

92. Les Frises du Parthénon, publ. par Arosa. *Paris,* 1848, in-fol., 22 planches en feuilles dans un carton. (*Epuisé.*)

93. Grand Autel des douze dieux, par Arosa. *Paris,* 1848, in-fol., 6 planches en feuilles dans un carton. (*Epuisé.*)

94. Les Ruines du Pæstum ou Posidonia, ancienne ville de la Grèce, par Delagardette. *Paris,* 1840, in-fol., 14 pl., dem.-rel.

95. L'Architecture byzantine, recueil de monuments des premiers temps du christianisme en Orient, par Ch. Texier et R. Popplevel-Pullan. *Londres,* 1864, in-fol., cart. en toile, ornem. sur les plats.

> Cet ouvrage comprend 200 pages de texte illustré de 14 bois gravés et 70 planches dont 14 en couleurs.

96. Les Arts arabes, architecture, menuiserie, bronzes, plafonds, etc., par J. Bourgoin. *Paris,* 1873, in-fol., dos et coins demi-chag. rou., tr. supér. dor.

> L'ouvrage se compose d'un texte explicatif avec gravures intercalées et de 92 planches gravées ou chromolithographiées.

97. Voyage dans la péninsule arabique, au Sinaï et dans l'Egypte moderne. Histoire, géographie, épigraphie, par Lottin de Laval. *Paris,* 1873, 1 vol. in-4° de texte et 1 vol. in-fol. atlas, demi-chag. rou., tr. supér. dor.

98. Voyage en Orient, par Roger de Scitivaux, orné de 25 lithogr. par J. Laurens. *Paris,* 1873, in-fol., dos et coins chagr. rou.

99. Monuments modernes de la Perse, par P. Coste, *Paris*, 1867, gr. in-fol., 71 pl., demi-chagr. rou. avec coins, tr. supér. dor., n. rogn.

SCULPTURE

100. Fragments d'architecture et de sculpture, dessinés d'après nature et autographiés par G. Bourgerel. *Paris*, 1863, in-fol., 101 pl., dos et coins demi-chagr. rou., tr. supér. dor. n. r.

101. Recueil de sculptures gothiques, dessinées et gravées par Adams. *Paris*, 1866, 2 vol. in-4, 192 planches, dos et coins demi-chagr. rou., tr. supér. dor.

102. OEuvre de Jean Goujon, gravé d'après ses statues et ses bas-reliefs, par Révoil. *Paris*, 1868, in-fol. de 88 pl., dos et coins demi-chagr. rou.

103. OEuvres de Flaxman, sculpteur anglais. *Paris*, *s. d.*, in-fol., 150 pl., dos et coins demi-chagr. rou.

ORNEMENTS

104. Grammaire de l'ornement, par Owen Jones. *Londres*, *s. d.*, in-4 de 112 planches en couleurs, demi-chagr. rou., tr. supér. dor.

105. Les Arts décoratifs à toutes les époques, par Ed. Lelièvre. *Paris,* 1870, 2 vol. in-fol. de 120 pl. gravées sur chine ou en couleurs, demi-chagr. rou., tr. supér. dor.

106. L'Art décoratif, modèles de décoration et d'ornementation de tous les styles et de toutes les époques. *Liége, Ch. Claesen, s. d.,* in-fol., 120 pl. dans un carton.

107. Ornements, Vases et Décorations d'après les maîtres, par Pequégnot. 1856, in-4, 516 planches en feuilles.

108. Collection des plus belles compositions de Lepautre, par Decloux et Doury. *Paris, Noblet,* in-fol. de 100 pl. gravées, demi-chagr. rou. anc. avec coins, tr. supér. dor.

109. Décorations intérieures et Meubles des époques Louis XIII et Louis XIV, par Louis Adam. *Paris,* 1865, in-fol., 100 pl. gravées sur acier, dos et coins demi-chagr. rou., tr. supér. dor., n. rogn.

110. L'Ornement polychrome, recueil historique et pratique, par Racinet. *Paris, Didot, s. d.,* gr. in-4, demi-chagr. rou., tr. supér. dor.

> Cet ouvrage se compose de 100 planches en couleurs, or ou argent, contenant environ 2,000 motifs de tous les styles : arts ancien et asiatique, moyen âge, Renaissance, xviie et xviiie siècles, etc.

111. Décorations intérieures, époque Louis XVI, frises, dessus de porte, panneaux, attributs, etc., par Queverdo. *Paris, s. d.,* in-fol. de 20 pl., dos et coins chagr. rou.

112. Architecture, Décoration et Ameublement, époque Louis XVI, dessiné et gravé, avec texte descriptif, par Penor. *Paris,* 1865, in-fol. de 30 pl., demi-chagr. rou. avec coins, tr. supér. dor., n. rogn.

113. Spécimen de la décoration au xixᵉ siècle, par Liénard. 1866, in-fol., 120 pl., demi-mar. *Liège, Claesen,*
plats en toile.

114. L'Ornementation au xixᵉ siècle, contenant des
compositions de Michel Liénard, Gsell, Rambert, etc.,
gravées ou lithographiées par Riester, Varin, etc. *Paris*, 1870, in-fol. de 23 pl., cart.

115. Motifs de décoration, 50 pl. imprimées en couleurs, extraites du journal *Manuel de peinture. Paris,
s. d.*, in-fol., dos et coins demi-chagr. rou., tr. supér.
dor.

116. Journal-Manuel de Peintures, appliquées à la décoration des monuments, appartements, magasins, etc.,
par une société de peintres-décorateurs. rédigé par
Pierre Chabot, *Paris*, 1850 à 1869, 20 tomes (1 à 20)
en 5 vol. in-fol., fig. noires et color., demi-m. r., tr.
supér. dor.

117. Recueil de 100 pl. de décoration, extraites du
Journal-Manuel des peintres. Paris, 1874, in-fol., planches color., demi-chagr. rou., tr. supér. dor.

118. La Renaissance monumentale en France, spécimens de composition et d'ornementation, par Ad. Berty.
Paris, 1864, 2 vol. in-4, 100 pl., d.-chagr. avec coins,
tr. supér. dor.

119. Etudes historiques et pratiques d'architecture et
d'ornement, texte explicatif italien et français par
L. Cadorin. 28 pl. in-fol., demi-ch. La Vallière.

120. Motifs historiques d'architecture et de sculpture
d'ornement, par César Daly, 1869-70. Livraisons 1 à 50
en 2 vol. in-fol., en cart.

121. Exemples de décoration appliqués à l'architecture et à la peinture, depuis l'antiquité jusqu'à nos
jours, par Léon Gaucherel. *Paris*, 1857, in-4 de 120
planches, demi-chagr. rou. avec coins, tr. supér. dor.

122. Fragmens et ornemens d'architecture, par Mo-
reau. *Paris*, *s. d.*, 1 vol. in-fol., 36 planches, cart.

123. Dédorations intérieures et extérieures, par Normand, Beauvallet et autres. *Paris*, *s. d.*, pet. in-fol.,
48 pl., cart.

124. L'Architecture, la Décoration et l'Ameublement,
par Eug. Prignot. *Paris, Claesen*, *s. d.*, in-fol., 60 pl.,
demi-chagr. rou., tr. supér. dor.

125. Inventions décoratives, choix de compositions et
de motifs d'ornementation, par L. Solon. *Paris*, 1866,
in-fol., 50 pl. gravées à l'eau-forte, demi-chagr. rou. anc
avec coins, tr. supér. dor.

126. Histoire de l'ornement russe, du Xᵉ au XVIᵉ siècle,
d'après les manuscrits, par de Boutowsky. *Paris, Morel,*
1870, 2 vol. in-fol. de 200 planches en couleurs, dos et
coins dem.-chagr. rou., tr. supér. dor.

127. Histoire de l'ornement russe, du Xᵉ au XVIᵉ siècle,
d'après les manuscrits, par de Boutowsky. *Paris, Morel,*
1870, 2 vol. in-fol. de 200 planches en couleurs, tr.
supér. dor.

> Reliure artistique, unique, EN MARQUETERIE, tirée des ornements
> du livre.

128. Blüthen christlicher Andacht von F.-J. Schroteler,
mit Ornamenten aus Handschriften des Mittelalters ge-
zeichnet; gedruckt und herausgegeben, von B. Carl
Mathieu. *Paris*, 1858, in-12, fig. et ornem. en chromolithographie, mar. viol., tr. dor.

129. Ornements des manuscrits classés dans l'ordre chronologique et selon les styles divers qui se sont succédé depuis le viie jusqu'au xvie siècle, et reproduits en couleurs par Ch. Mathieu, suivis d'une notice et d'un texte explicatif par M. Ferdinand Denis. *Paris, Morel,* 1867, 2 vol. in-12, mar. La Val., fil., tr. dor.

130. Lettres, Chiffres et Armes, par Silvestre et Paillet. *Paris,* 1866, in-fol., dem.-mar. vert. (*Épuisé. — Très-rare.*)

ART INDUSTRIEL

131. Nouveau cours de dessin industriel, par Armengaud. *Paris,* 1848, 1 vol. gr. in-8 de texte et atlas in-4 obl., cart. (*Épuisé.*)

132. Chefs-d'œuvre des arts industriels, par Burty. *Paris, s. d.,* gr. in-8, fig., dem.-chagr. rou., tr. sup. dor.

133. Le Génie industriel, revue des inventions françaises et étrangères, par Armengaud. *Paris,* 1851-70, 40 tom. en 20 vol., dem.-chagr. rou., tr. supér. dor.

134. Les Progrès de l'industrie, par Armengaud. *Paris,* 1869, 2 vol. in-fol., en feuilles, dans des cartons.

135. Histoire des arts industriels au moyen âge et à l'époque de la Renaissance, par J. Labarthe. *Paris, Morel,* 1864-66, 4 vol. in-4 de texte et 2 vol. d'albums de 150 planches dont 119 en chromolith., rel. dos et coins de mar. rou. du Levant, tr. supér. dor., n. rogn.

Très-bel exemplaire, *édition de luxe,* de ce magnifique ouvrage tiré à 100 exemplaires numérotés. Notre exemplaire porte le n° 90. (Edit. épuisée.)

136. Rapports des délégations ouvrières, publiés par
Arnould Desvernay. *Paris, s. d.,* 3 vol. in-4 illustrés
de 1,100 vignettes, dem.-chagr. rou., tr. supér. dor.

137. Traité sur l'art de la charpente, par Krafft. *Paris,*
1820, 1 vol. in-fol., 30 pl., d.-rel.

138. Journal de menuiserie. *Paris,* 1863-73, 10 volumes
in-4, pl., dos et coins dem.-chagr. r., tr. sup. dor.
Collection complète.

139. Nouveau Vignole des menuisiers, par Coulon. *Paris,*
Dunod. s. d., 2 vol. in-4 dont atlas de 84 pl., br. —
Menuiserie artistique. Suite. 1870, 1 vol. in-4, planches,
br.

140. La Marbrerie, par Gilbert. *Paris,* 1866, 120 planches
en 1 vol. in-4, demi-chagr. rou.

141. Motifs de serrurerie. *Paris,* 1874, in-4, pl. (200),
dos et coins, chagr. rou., tr. sup. dor.

142. Scieries, Machines, Outils, par Arbey. *Paris,* 1865,
1re et 2e parties, 2 vol. in-4, cart.

143. Éléments de la charpenterie métallique, par Barré.
Paris, Dunod, 1870, 2 vol. in-4 dont atlas, cart. en
toile.

144. Le Mobilier de la couronne et des grandes collections publiques et particulières. *Paris, Juliot, s. d.,* in-
4, 40 pl. dans un carton.

BIJOUTERIE, ORFÉVRERIE

145. Éléments de bijouterie et de joaillerie modernes et anciens, dessinés par Ch. Schlodhauer. *Paris*, in-4, 48 pl. chromolithogr. par Mathieu, demi-chagr. r., tr. supér. dor.

146. Modèles d'orfévrerie, par Soyer. *Paris*, 1839, in-fol., 84 pl., cart.

147. Trésor de l'abbaye de Saint-Maurice d'Agaune, décrit et dessiné par Ed. Aubert. *Paris, Morel*, 1872, gr. in-4 illustré de lettres ornées, frises et culs-de-lampe, et 45 pl., demi-chagr. r. avec coins, tr. supér. dor., non rogn.

148. Les Trésors sacrés de Cologne, par Franz Bock. *Paris*, 1862, gr. in-8, dos et coins demi-chag. r., tr. supér. dor.

149. Trésor de numismatique et de glyptique. *Paris, Didier*, 1858, 20 vol. in-fol., nombr. pl. (1,000 envir.), cart. dos toile noire.

> Recueil général de médailles, monnaies, pierres gravées, bas-reliefs, ornements, etc., publ. par P. Delaroche, Henriquel Dupont et Lenormant.

CÉRAMIQUE

150. Les Trois Livres de l'art du potier, esquels se traicte non-seulement de la pratique, mais briefvement de tous les secrets de cette chouse qui iouxte mes huy a estée tousiours tenue célée. Du cavalier Piccolpassi Durantoys. Translatés de l'italien en langue françoyse, par Maistre Claudius Popelyn, Parisien. *Paris*, 1861, in-4, pl. (37), dem.-mar. rou., tr., supér. dor.

151. Monographie de l'œuvre de Bernard de Palissy. *Paris*, 1862, gr. in-fol., planch. en coul., dos et coins, chag. r., tr. supér. dor.

152. Histoire de la verrerie dans l'antiquité, par Achille Deville. *Paris, Morel,* 1873, gr. in-4, dos et coins demi-chagr. r., tr. supér. dor., non rogn.

> Ouvrage comprenant 20 feuilles de texte environ, avec bois intercaiés et 112 planches en couleurs contenant le dessin de près de 400 objets divers.

153. Histoire de la peinture sur verre en Europe et particulièrement en Belgique, par E. Lévy, de Rouen, et J.-B. Capronier, peintre-verrier. *Bruxelles, Tircher,* 1860, in-4, dos et coins demi-chagr. r., tr. supér. dor., non rogn. (*Épuisé.*)

> Ce volume renferme 37 planches, dont la plupart sont imprimées par des procédés chromolithographiques.

154. Recueil de faïences italiennes des xve, xvie et xviie siècle, par Delange.*Paris*, 1869, gr. in-fol., pl. en couleurs, dos et coins, mar. r., très-supér. dor.

155. Calque des vitraux peints de la cathédrale du Mans, publié par Hucher. *Paris, Didron,* 1864, in-fol. max., pl. color., demi-chagr. r., tr. supér. dor., non rogn.

> Grande édition, comprenant 100 planches coloriées format grand colombier.

156. Vitraux peints de la cathédrale du Mans, par E. Hucher. *Paris, Didron,* 1865, in-fol., pl. (20), demi-mar. rou.

> Extrait de l'ouvrage *grande édition* ci-dessus.

GRAVURE

157. Musée religieux, par Réveil. *Paris, Audot*, 1836, 4 vol. in-12, fig., br.

158. Les Législateurs et les Rois, par Bendemann. *Dresde, s. d.*, pet. in-fol., 16 pl., cart.

159. Les Chefs-d'œuvre de la peinture italienne, par Paul Mantz. *Paris, Didot*, 1870, gr. in-4, pl., cart. en toile, ornem. sur les plats.

> Ce magnifique ouvrage est orné de 20 planches chromolithographiques exécutées par Kellerhoven, 30 planches sur bois et 40 culs-de-lampe et lettres ornées.

160. OEuvres de Jehan Fouquet. *Paris, Curmer*, 1866, 2 vol. pet. in-4, pl. en chromolithogr., cart. en toile.

161. L'OEuvre de Boucher, reproduit d'après la gravure des originaux, par Émile Wattier. *Paris, s. d.*, in-fol., pl. (64), dem.-chagr. r., tr. sup. dor.

162. Iconographie du costume, par Jacquemin. *Paris, s. d.*, in-fol., pl. (200) en noir, dem.-mar. r., tr. sup. dor.

163. Iconographie du costume, par Jacquemin. *Paris, s. d.*, in-fol., pl. (200), dem.-mar. r., tr. sup. dor.

> 200 planches contenant 420 fig. coloriées au pinceau.

164. LES ARTS SOMPTUAIRES. Histoire du costume et de l'ameublement et des arts qui s'y rattachent, publ. sous la direction de Hangard-Maugé, dessins de Cl. Ciappori, texte rédigé par Louandre. *Paris,* 1857-58, 4 tom. en 3 vol. gr. in-4 dont 2 vol. d'album comprenant 320 pl. en chromolithographie, dos et coins de mar. rou. du Levant, tr. supér. dor., n. rogn.

165. Costumes anciens et modernes de C. Vecellio, pré-
cédés d'un Essai sur la gravure sur bois, par A.-Firmin
Didot. *Paris, Didot frères*, 1860, 2 vol. pet. in-8, fig.,
dem.-chagr. rou.

166. Costumes historiques, par Mercuri. *Paris. A. Lévy*,
1860, 3 vol. in-4, dos et coins mar. La Vall., tr. sup.
dor.

167. Costumes historiques des xvɪᵉ, xvɪɪᵉ et xvɪɪɪᵉ siècles,
dessinés par Lechevalier-Chevignard, gravés par Didier, Flameng, Laguillermie, etc., avec un texte historique et descriptif par Georges Duplessis. *Paris, A.
Lévy*, 1867, 2 vol. in-4, nombr. fig. color., dos et coins
mar. r., tr. sup. dor., n. r.

OUVRAGES DIVERS

168. Grand Atlas universel de géographie, par Dufour.
Gr. in-fol., 30 cartes color., dem.-rel.

169. Géographique universelle de Malte-Brun, revue par
Cortambert. *Paris, s. d.,* 8 vol. gr. in-8, br.

170. Dictionnaire géographique, historique, etc., de
toutes les communes de la France, par Girault de Saint-
Fargeau. *Paris,* 1852, 3 vol. in-4, fig., br.

171. Le Tour du monde, nouveau journal des voyages,
publié par Ed. Charton. Années 1860 à 1874, 28 vol.
in-4, fig., br.

172. Encyclopédie d'histoire naturelle, par Chenu. *Paris,*
1856 à 1861, 22 vol. gr. in-8, br., et 9 fascicules de table.

173. Les Trois Règnes de la nature, par Chenu. *Paris, Didot,* 1865, 3 vol. in-4 illustrés, br.

174. Magasin pittoresque, publ. par Ed. Charton. *Paris,* 1833 à 1872, 40 vol. in-4, fig., br.

175. Dictionnaire universel de la vie pratique à la ville et à la campagne, par Beleze. *Paris, Hachette,* 1867, gros in-8, demi-chagr. r.

176. Encyclopédie moderne et le complément, par Régnier. *Paris, Didot,* 44 vol. in-8, br.

177. Dictionnaire français illustré et Encyclopédie uniselle, par Dupiney de Vorepierre. *Paris,* 1867-1868, 2 vol. in-4, demi-chagr. vert, plats toile.

178. Histoire populaire de la France, par Duruy. *Paris, Lahure,* 4 vol. in-4, br.

    Illustré de 305 vignettes.

179. Histoire contemporaine de la France, par Duruy. *Paris, Lahure,* 4 vol. in-4 illustrés de 303 vignettes, br.

180. OEuvres de Bourdaloue. *Paris, Didot,* 1865, 3 vol. gr. in-8, br.

181. OEuvres de Massillon. *Paris, Didot,* 1864, 2 vol. gr. in-8, br.

182. OEuvres de Racine. *Paris, Laplace,* 1870, gr. in-8, fig. col., br.

183. Cours de littérature, par La Harpe. *Paris, Didot,* 1863, 3 vol gr. in-8, br.

184. Les Mille et une Nuits, par l'abbé Galand. *Paris, Lahure,* 2 vol. gr. in-8, fig., br.

185. Voyage du jeune Anacharsis en Grèce. *Paris, Didot,* 1863, gr. in-8, br.

186. Motifs, Rapports et Opinions des orateurs qui ont coopéré à la rédaction du Code civil, par Poncelet. *Paris, Didot*, 2 vol. gr. in-8, br.

187. Dictionnaire universel des contemporains, par Vapereau. *Paris*, 1870, gros in-8, demi-chagr. rou.

188. Archives de la commission des monuments historiques, publiées par ordre de Son Exc. M. Ach. Fould. *Paris, Gide, s.d.*, 129 livraisons gr. in-fol., pl.

189. Comptes rendus de l'Académie des sciences, année 1873, tomes 76 et 77, 2 vol. in-4, br.

190. Traité de chimie, par Berzélius. *Paris, Didot*, 1850, 6 vol. in-8, br.

191. Traité de chimie, par Barruel. *Paris, Didot*, 1856 à 1863, 7 vol. in-8, br.

192. Dictionnaire général des tissus, par Bezon. *Paris*, 1856-63, 8 vol. in-8, br.

---

193. Sous ce numéro, il sera vendu quelques lots de bons ouvrages de divers genres.

Paris. — Imp. Gauthier-Villars, 55, quai des Grands-Augustins. — 4015-74.